이문옥

천둥을 쪼개고 씨앗을 심다

천둥을 쪼개고 씨앗을 심다

이 문 숙 시 집

창비

차 례

제3부

제1부

생기(生氣)

폭우 뒤, 굴러 내린 돌들이 마구 쌓여 있다 제자리로 돌아가기에는 길의 아가리가 너무 패었다 그걸 지켜보는 토란대가 오히려 불안하다 맨 아래 짓눌린 돌의 육신이 한 척 흘러들어온 뒤의 일이다 그러면서 뿌리의 알들이 굵어지는 건 그후의 일이다 어느날은 토란잎도 옴팡집 비루먹은 개를 위해 제 위에 쓸데없이 굴러다니는 물방울을 혀 위에 진설해주기도 한다 그러면 뜨거운 뙤약 아래 늘어져 있던 개가 갑자기 기운을 얻어 맹렬히 흙을 파대는 것이다 그리고 썩은 내장을 끌고 와 사정없이 물고 뜯고 그 특유의 유희를 시작한다 까만 볕들만 좌악 깔린 가구공단, 용접 소리가 더욱 커지고 나무를 켜는 전기톱 소리가 토막 난 여름을 켜는 것이다 누추한 육체 속으로 이상하게 팔팔한 전기가 흘러 그런 날은 돌이 돌을 업고 있어도 힘이 하나 들지 않는 것이다

입간판만한 돌들이

마구 뒤엉켜

가조석예원

뜰팡,

주점 꽃밭

종림(種林)양복점 형님 감사합니다
꽃밭이 완성되어 이사 갑니다
꿈속에서 본 그 덧문에는
그렇게 새겨져 있다

무슨 칠도 되어 있지 않은
문의 삭은 결이 파리하다
거대한 숲이 거기 매장되어 있다

덧문이 새된 소리를 내며
작은 레일을 밀어낸다
작은 고리가 끌어당기고 있다
지나온 날이 다 컴컴하다

주점 꽃밭에서 깔깔거리는 웃음소리 새난다
그 집 의자가 벼랑에
아슬히 걸쳐져 있다

간신히 버티고 있다
아득한 꿈길

꽃밭이라는 주점,

새나는 웃음소리에
종림양복점이
환하게 지펴진다

정오의 버스

여름 한낮
고요한 버스는 장의차 같네
나를 운구해 가는 저 햇볕들의
따가운 행렬
나는 이런 상상을 하네
즐거운 송장이 되어
내가 안치되고 싶은 곳,

가령 고슴도치가
몸뚱일 박고 단물을 들이켜는 수박의
농익은 살
벌레가 들어앉은 풋살구
그 발그레한 봉분
그 부드러운 석실

달콤한 침상에 누워
시간의 헛점을 그리는 광물의 시계가

다 녹아 흐르도록
쌓인 피로가
다 닳아질 때까지

지나가는 햇빛과 바람
그만큼의 낮과 밤을
누워 있으리

검은 오석 위를 펄쩍거리며 뛰어다니는
사나운 시간의 메뚜기들

그러나 저게 뭐냐
저기 중앙선에 둘둘 말려 있는
더러운 이불
피가 엉겨 붙은 바닥
다시 일어서는 빽빽한

날짜들

동공처럼 벌어진 신발

그가 지상을 지나간다

흐트러진 구름이 후룩 내 안으로 흘러들어온다
그의 죽음이 구름을 몰고 간다
생전의 그가 죽음을 갖고 논 흔적
한참 뒤에나 구석진 자리에서 발견된다
모호한 구름의 글귀들
붉은 궤짝에 담긴 구름의 나신(裸身)들
장마 속 지루한 꽃들이 저 나무를 다 휘감고
일어서도록 우리는 내내 멀건 국 같은
구름들을 마신다
저 구름은 그가 남긴 배려다
장마가 찔끔거리며 구름의 방울 일으킬 때
우리는 간신히 일어서 잎사귀에 덮인 나무를 올려다
본다
그가 그 잎사귀에 조용히 싸여 있다
가지가 다 휘도록
붉은 꽃들을 매달고

소하천

소하천 팻말을 지나며
난 소하, 그걸 흰 노을로 잘못 읽는다
죽 늘어선 발육부진의 나무들
나는 구주죽한 하천을 내려다본다
팔락거리며 찢긴 비닐하우스가
그 하천을 끼고 간다
그곳에 와서
팔팔하게 타오르던 노을은 엎어진다
사윈 것들이 다 사윈 뒤에
다 된 저녁이 구부정 흰 허리로 그곳을 지난다
핏빛 노을의 끝이
저렇게 갑작스러워서 나는 거길 지날 때마다
마음이 긁힌다
저렇게 찬란한 것의 끝이
깜빡, 환멸처럼 스러진다
한 생이 그리 멀지 않았다는 걸
나는 소하천 팻말을 잘못 읽으며

깨닫는다
비닐하우스 둥치처럼
마구 찢겨서
구주죽하게 흘러서
그렇게 한참을 흐른 뒤
노을의 끝이 저리 희어서

지나는 구름을 붙잡고

오늘 나를 부양하는 건
폭발 위험
유류저장고를 기어오르는
저 맹독성의 풀
나를 밟고 지나가는 삶의 과적 차량
그 진동으로 부르르 떠는 구름다리,
또 한 해를 밀어낸 자귀나무
태양을 안고 자는 꽃
인부들이 정비하는 보도,
보도블록처럼 째깍째깍 맞물리는
한 쌍 내 안의 늠름한 노예와
비천한 왕
들쭉과 날쭉의 입맞춤
능수벚나무,
휘늘어진 가지와 땅을 떠받들듯 핀
휘황한 꽃
그 묘한 교합,

상인들이 지어
한때 통용되기도 했다는
동귤(童橘)이라는 말의 울림
왕궁의 뒤뜰, 그늘 아래
나란히 잠에 든 노인 부부
양귀비를 찾아가는 늙은 종달새

적목(赤目)*

쿡 하니 바늘 분질러져 내게로 왔다 공작 덮개깃 속에 둥근 반점이 흩어졌다 눈에 박혔다 해가 박혔다 달이 박혔다 끝내 에워쌌던 호수를 부수지 못하고

나무들 씨를 날린다 종족 보존의 시간들 기억나지도 않는 저 본능의 시간 속에 뜰, 모란이 뒤척거린다 분만이다 저 핏덩어리 애기가 처음으로 폐호흡으로 바꾼 핏덩어리 애기가 울음을 터뜨린다 오래 전 물고기가 일어서고 펄럭거리고 빳빳한 기운

남생이가 남생이를 끌고 잉어와 내달리고

어디선가 비비거리는 아주 작은 새소리 저쪽에서 울다말고 언덕길로 웅웅거리며 몰려오는 상점들, 나무들 씨가 닿아 마악 불이 켜지기 시작한

호수를 배경으로 찍은 눈이 홍옥처럼 붉다 물이 풀쩍

일어서 솟구치는 하나의 기둥을 이룬 저 지는 해와 함께
뒹굴

  * 사진에 눈동자가 붉게 나오는 현상.

찢긴 가지

열흘내 비 오네
열흘내 말 한마디 못했네
온몸의 구멍 죄 열려 저만치
척척한 육신을 던져두고
나자빠져 있는 꽃나무들
열흘내 비가 난타한
세상의 북이 거기 있네
가죽이 팽배해진
그 소리 다 삼킨
열흘내 씻긴 귀들이 다 듣네
나무들 마구 흔들리는 소리
어딘가 삐꿋하는 소리
몸 어딘가를 넘어가는 소리
육탈하는 저 소리
꽃나무 아래서 비를 긋네
열흘이 흐르네
가죽을 찢으며 바깥으로 나서네

꽃나무들이 가지 한쪽을 들어올리네

말들이 펄펄 날뛰네

말들이 짙푸른 가지를 짓씹네

×0.3cm 더 큰

어둔 회랑에는
찢어진 하늘처럼 떠 있는

그린 이조차 눈치 채지 못한
×0.3cm의 화폭이 더 있어
그 밖으로
애기 업은 소녀가 지나가고
봄물이 오르는 오래된 고목이
강을 내다보고
등 굽은 노인들이 볕을 쬔다

진눈깨비 조그맣게 반짝이다
이내 환해지는 바깥

회랑을 뚜벅거리는 발자국 소리와
움직임이 정지된 나목들
그 묵묵한 가지 속에 숨어

잉잉거리는 어린 잎들의 울음소리
뒤섞이고

애기를 업고 등을 구부려 나물을 캐던
소녀들 화면 밖으로 흩어지고

이내 질척거리는 땅으로
어두워진 하늘이 넘어진다

……보다
×0.3cm 더 큰 화폭
아무도 눈치 채지 못한

그 화폭 밖으로
어린 잎을 등에 업은
내가 걸어 나간다

정류장

표지판이 스푼을 거꾸로 세워논 듯하네
한 여자 거기 서 있네
아예 스푼이 몸속으로 들어서네
지는 해가 멀건 죽을 흘리네
구부정한 언덕이 입을 벌려
받아먹네
게걸스럽게 거리를 먹어 치우네
스푼으로 천천히 그걸 떠먹네
삭을 일만 남은 은혜서림 간판이 축축히 젖네
폐점 시간이 다 된 은행·
검은 비닐로 썬팅 된 유리문
뒷문이 붐비네
오랜만에 나타난 버스가 그냥 지나치네
운전사가 손을 내저으며
한 노파가 다가와 버스 가는 길을 묻네
연신내? 불광? 미성아파트?
결국 별이라는 막막한 지옥에

집이라는 정처에
매달려 열쇠처럼 달랑거리네
문을 열면 쫙 입을 벌리고 있을 노트들
스푼이 먹어 치운 거리를 끄적거리느라
여자는 한밤을 다 보내네

여자는 몸속에 스푼을 담고 그 자리에 서 있네
여자의 스푼을 택시들이 흘끔거리며 지나치네

장다리꽃밭 속의 늙은 거북

장다리꽃밭으로
노랑나비 나풀나풀 날아온다
아니아니 누런 거북
백 세도 넘는 늙은 거북
느릿느릿 기어 나온다
축 늘어진 눈꺼풀 속
숨겨진 말랑말랑한 눈
그 눈에 내 눈 맞추려 허둥거린다

어떤 소망이 장다리꽃밭 속에
늙은 거북을 보게 했던지

철봉에 몇번 매달리려
산꼭대기 체육공원 가는 언덕
평상 위에 할머니 한 분
주름 속에 장다리꽃밭 밀어 넣고 앉아 계신다

햇살은 부서지다 말다
나비의 뒤를 따라가고
그 길 화안한지 캄캄한지
장다리꽃은 더 늙어야 씨를 맺는다

그때까지 나비들은 정신없이 꽃을 핥고
늙은 거북은 언저리를 느릿느릿 맴돈다
나는 그 앞에서
거북의 눈꺼풀 밀어 올리는 순간을 기다린다

장다리꽃 속으로 날 밀어
어서어서 캄캄한 씨 맺게 해다오

유리 마루 밟아간다

부석상회 마루 끝
소쿠리에 담겨 있는 사과가 빠알갛네
차디찬 마루를 건너서야 그 사과에 닿네
발끝이 시려워 나는
무량수전을 보러 가네
녹유전* 유리 마루 너머 극락은 있네

나는 녹색 유리의 길을
조마조마 오르려네
나무 아래 썩어가는
언 사과를 닭들이 쿡쿡쿡
쪼아대고 있네 쿡쿡쿡
언 길을 쑤시며
가지 끝에 사과는 한껏 쭈그러져서
건너네

석축들이 버팅기는 햇볕의 집들이

너무 반듯하네

목어처럼 뒤에 걸린 구름들

두들기며 발 헛놓으며

쭈그러진 사과들이 먼저 오르네

차디찬 마루의 그 길

나는 차마 건너지 못하네

푸석거리며 따라오는 길

돌멩이가 나를 밀어주네

사과알들이 허공에서 서성이네

빠알간 극락이네

* 綠釉塼 : 무량수전 바닥에 깔았다. 겉에 유리를 입히고 푸른
  유약을 발라 구웠다. 녹색 유리처럼 반짝거렸다.
  현생(現生)의 우리들에게 보여주려고 그랬을까. 아미타경을
  보면 극락 세계의 바닥은 유리로 되어 있다고 한다.

자국

자귀나무 운다
분홍꽃 가물가물 피어 있다

뜨거운 닭죽을 후룩후룩
불어가며 먹는다
찜통 속의 날들이 지나간다
달력을 흘끗거리며
바라크로 지은 옥외 식당
비닐이 덮인 탁자에
뼈들이 쌓여간다
희고 단단한 골격이 다시 생겨 있다

자귀나무는 태양을 안고
잎을 더 쫙 벌리고 있다

이를 쑤시며
남자 직원이 지나가다

잎을 톡 건드린다
순간 잎이 오므라진다
오므라져 있던 잎이
다시 벌어진다
(벌어지지 않았으면)

뜨거운 대접이 놓여 있던 자국이
비닐 위에 오목하다

등에 착 달라붙어 있는 옷을
흔들어 부치며
남자 직원이 지나가고 있다

저 꽃의 부챗살
벌어진 잎 속에 작은
그늘이 내려 있다

한낮

걸을 때마다
퉁실퉁실 살집 좋은 젖통
출렁거리네
야자수 무늬 원피스 밖으로
젖꼭지 농익어

이 벤치에서 저 벤치로
한 생에서 다른 생으로
끊임없이 오가며

거칠게 끌고 가던 사내의 손아귀
오늘은 뵈지 않네
둥근 젖통에 줄줄이 매달리는
야자수 짙푸른 잎새

향나무 아래
착 달라붙은 그늘 한쪽에 기대

나는 미친 그 여자
가슴 골골이 흘러내리는 땀방울
중얼중얼중얼
뭐라 길가에 맺히는 소리 듣네

야자수 열매만한 젖통
쑥 앞으로 내밀고
보무도 당당한

그 여자의 야자수를 끌어안고 싶네
그 짙푸른 잎새 아래 들어앉고 싶네

향나무 아래 납작 눌려
쪼그라든 내가
그렇게 길들여진 나의 하루가
저와 같이 흠뻑 젖어서

제2부

난설헌 생가

배도 다리가 되어줄 물이
이곳까지 들어차야 떠난다
겨우내 방 안에서 뒹굴다
때 전 동정 깃을 세우며
저 깨끗한 물빛 받으러 이곳에 서면
배는 어김없이 돛폭이 찢겨 거기 서 있다
살 벗은 배롱나무
빨갛게 벗은 뒤축으로 서서
그가 언제 들어설까
텅 빈 안뜰 놋요강 속으로 뛰어드는 눈발
살얼음 언 누런 오줌
설핏 배롱나무 뿌리를 따라가면
지는 해 둥근 복판으로
얼어붙은 날갯죽지를 대고 가는 새들
바람 사나워도 지는 햇볕 다 차지하고 있는
배롱나무 벗은 살 속으로 들어가면
배 한 척 저어

처음으로 탯줄 걸린 저 수평선

너머 가볼 수도

있겠구나

여름밤

한낮이 뜨거웠던 저녁이다
공터 벤치에서 한 식구가 나와
저녁을 먹는다
아이 둘, 여자 하나
평상시의 조촐한 상차림이다
김치와 노각 무침
징징거리며 달라붙는 아이에게
어서 먹어 다그치는
열기가 가시지 않은
등나무 아래의 식사,
공터를 돌며 그들을 곁눈질하다
달을 보니
거기서도 달그락거리는 수저 소리가 들린다
매일 식탁에서의 원이
저 달에서도 깨져 있다
한쪽이 허물어진 달처럼
가장(家長)이 빠져 있는 식사, 저 찬으로 놓인

노각은 저 달 속에서도 아삭거리며
썩은 치아에 씹히고
구름의 그늘 속으로
천천히 들어갔다 나온다
공터를 돌 때마다
달은 벌겋게 비벼진 밥알을 한입 가득
물고 있다 뱉어낸다
등나무 옆에 세워놓은 자전거
여자는 두 아이와
뜨거운 달의 저편으로
녹슨 체인을 감으며 굴러 간다

무심결

내 몸을 딛고 선 열매 없는 만첩홍도
인면(人面)을 한 새들이 낳은 푸근한 알,
보지도 못했던 가래나무 아래 맑은 물이 흘러간다

갑자기 이런 생각에 눈을 뜨면 내가
어느덧 그곳을 지나치고 있다
인적도 없는 그 앞에 신구(神具)를 나르는
파란색 개별용달 거기 서 있다

운전교습용 차들이 그 앞으로 유턴을 해서
서쪽 노을을 등지고 세상으로 돌아온다

처음에는 뵈지 않다가 동공을 대면
조금씩 이동하는 매지구름인 듯

사면이 꽉 막혔다
유일한 출구인 샛시문

지나치면서 한번도 열린 걸 본 적 없다

차 소리에 쇳가락 장단 묻히고

이따금 신의 추앙을 받고

소시락거리며 들어가는 바람에게나

바지랑대에 걸린 신점(神占) 깃발을 흔들어대곤 한다

출근길

빙빙 돌아서
구불구불한 너머 길, 찌그러진 가드레일 쫓아
붉은 화살표를 따라 버스가
덜덜거리며 가시골에 닿는다
가시에 발바닥이 찔려 원숭이들 울고
우는 원숭이들 가득 태운
버스가 덜덜거리며 한창인 파꽃으로 가고
쌩 오토바이가 들추고 간 뽀얀 길
파꽃 위에 얹힌다
파꽃으로 구부러진 길, 사고다발 표지판을 지나
덜덜거리며 응달 마을에 닿는다
언덕배기 북향 집에서
얼어붙은 붓으로
그린 몽유도원도 복사꽃 덩어리 찬란하고
가시에 찔린 발을 끌고
죄송합니다 상수도관 교체 공사, 파헤쳐진 흙 위로
덜덜거리며 가다 보면

칠보석재 깨진 돌비에
새겨진 해석할 수 없는 문자들
복개된 냇가에 당도하자
빨래를 하던 옛 여인 진흙을 털며 일어서고
길들이 벌떡 일어서고
저 씻은 듯한 벼랑에 맨봉우리에
너럭바위에 가지 못하고
구름에게 가지 못하고
구불구불 가지 못하고
직진으로 내빼는 길에서 가시에 발이 찔려
울고 있는
이 원숭이들 덜덜거리며 가고

콩밭 속의 시계

콩밭 한가운데
버려진 의자에 시계가 앉아 있다
중앙 현관에나 걸려 있을 커다랗고 둥근 시계가
옥수수잎으로 던지는
시침의 흘러내리는 칼날
갈팡질팡 날다
나비, 시계의 11과 12 사이에 앉아 있고
저 흘러가는 시간들 살뜰히 다 받아
옥수수잎 줄줄이 흘러내리고 콩 넝쿨 붉은 밭을
다 덮는다
그만 저 시계 의자 위에서 쉬었으면 하는 나는 오늘도
진주나무에 진주가 열리는 꿈을 꾼다
한낱 고름 덩어리가 만들어낸, 어떤 사나운 것으로 내
리쳐도
내리친 그것이 동강 나버리는 진주를
실핏줄의 가지를 가진 나무, 수액이 천천히 꼭대기에서
뿌리로 순환하는 나무

나는 콩 넝쿨이 휘감아가는 저 시계가
두려운 모양이다 옥수수잎 성큼성큼 자랄 때 나는
저 커다란 시계를 낡은 의자가 끌어안아
늘그막의 그늘 아래
느릿느릿 지나가는 사람이 있었으면 한다
그러나 콩밭 한가운데 시간은 한순간도 버릴 데가 없어
그 한 치 틈도 없는 콩밭을 지날 때
내 귀는 아주 멍멍하다
버려진 시계가 철컥철컥
흘러가기만 하는

환각의 1분 1초

신호 대기중에 보니
저 멀리 사거리에 청색 신호가 떨어진다

아까부터 저쪽 정류장에 서 있던 중늙은이
엉거주춤 손을 들다 어 하는 순간
버스는 휙 지나치고
오랜만에 햇빛에 나왔는지
이상하게 흰 얼굴에 홍조가 인다
그 얼굴을 허공에 던져놓고

혹여 누가 아는가
그가 더없이 좋은 죽음을 맞으러 가는 길이었는지
잘 갖춰 입은 양복이 지상에서 입을
그의 마지막 옷이었는지
지나치는 이 버스가 그를 데려다줄
눈부신 말이었는지

종마소의 말들도

여물통에 주둥이를 박는 걸 잊어버리는

벚꽃 그늘 아래

아직도 그가 내젓던 손

허공에 떠 있고

그 순간이 사후(死後)처럼 켜져

어 하는 한순간을 밝히고

천상의 지도

그을음 올라가는 천장에
그려진 나비가 배시시 웃는다
나비에게도 눈이 있던가
내려다보는 암술처럼
한껏 벌어진 목구멍들

한바탕 다투고 난 뒤
들른

그 식당 카운터에 꽂힌 천상열차도
대열 밖으로
미끄러진 그 꽝 하는
충돌을
말하자면 나는 오늘
경험한 건데
그 집 늙수그레한 주인이 거슬러준 건
바로 조각이 난 별 부스러기다

별들도 때론 순행하지 않는다

나는 천상의 지도를 구겨 쥐고 나선다
밤의 천장에 전갈좌, 그 으르렁거리는
이빨 사이에 나비 날개가
껴 있다
내가 벌린 목구멍을
닫는 사이
또 한바탕의 까마득한 전쟁이 그 속에서
벌어진다

어떻게든 살아남은 자와
죽기를 고집한 자

의자

회전도 아니고 안락도 아니다

뒤꼍, 아니 사무의 바깥,
철조망, 쇠울바자 너머
버려진 가지밭에 까맣게 가지가 늙어간다

애늙은이!

이 의자는 등을 받쳐주는
가로장 뼈가 둘
척추는 없이

남다른 것은 평평한 판을 깎아서
엉덩이를 들어앉히는 부분,
엉치께는
슬쩍 후려서

까만 가지들이
누렇게 시든 잎을 부둥켜안고 죽어라 매달려 있다

그 파인 부분에 엉덩이를 맞추고 앉으면
등뼈는 저절로 펴져서
서류 앞에 또하나의 애늙은이
굳었던 굽었던 등뼈가 확 뒤로 제껴지며

버려진 가지밭에
눈이 맞다
배가 맞다
엉덩이가 맞다*

가지들이 죽어라 매달려 있다

* 김수영의 산문 「내가 사랑하는 우리말 열 개」에서

익어가다

널가지에 매달린 무명(無明)땡추*를 보며 잠시
하늘에 눈을 뒀을 뿐인데
어느새 내 콧등에 작은 원숭이가 미끄럼을 타고 논다

그러면 서둘러 지나가던 왕국회관이 뭐라고 말을 걸어
온다
그 앞에 오랫동안 버려진 시간이 정차해서
익반죽된 시멘트가 길에서 이탈하고
헐린 집에서는 자꾸 울음소리가 난다

더없이 맑게 졸아든 하늘에
꼬리를 걸고 사과원숭이가 주렁주렁 매달린 날,
나는 텅 빈 성소,
공소 길**을 걸어간다

그제서야
작은 콧구멍을 발름거려

나를 간질이는 동물, 나는 놈의 발그레한 발바닥을 보고
온갖 빛들이 틀어막은 구멍
이상한 왕국에 들었던 걸 눈치 챈다

순간 지나가는 이의 머리 위에 복잡한
뿔이 돋아났다 사라지고
새빨간 길,**
사과원숭이에 매달린 내가
흥흥,
익어간다

* 갑자기 이런 말들이 지나가는 때가 있다. 아마 그 순간 '끈적
  거림이라고는 하나도 없는 맑은 하늘이 품어 낳은 검은 대
  추' 생각을 한 듯하다.
** 공소 길, 새빨간 길은 출근하는 길에 만나는 길 이름이다. 공
  소 길에는 촛불 한 자루가 타오르는 아주 아름다운 공소가
  있었겠다. 새빨간 길은 어떤 길이었을까.

돌무덤

고랑이 단정한 감자밭
한가운데 있는 돌무덤을 보았다
한 여자가 통째로 땡볕에 몸을 내놓고 밭을 일군다

돌멩이로 아래를 두른 무덤 곁에는
애송 한 그루,
여자는 호미로 밭을 일구다 나온 돌멩이를
처억 무덤가로 던진다
이미 쌓여 있던 다른 돌멩이 사이에
박힌다

저 무덤의 주인은 결코 외롭지 않으리라
늘 곁에서 말 걸어주는 이가 있어

여자는 청솔 그루 한 뼘의 그늘 아래 가
무덤의 돌멩이를 두들기며
이따금 읍소(泣訴)도 해주리라

그러면 무덤 아래 누워 있던 그도 두런두런
밭을 매는 여자를 달래주리라

여자가 밭을 고르다 무덤 곁에 앉아 땀을 식힌다
무덤을 두른 돌이 하얗게 타오른다
이제 마악 맺히는 감자알을
진흙 속의 태양을
들쥐의 근지러운 이가 갉는

나무 껍데기를 흘러내리다 송진이 딱 멈추는
이 뜨거운 정오

철길을 건너는 법

옛과 새,

구(舊)와 신(新) 사이에는 철길이 있다

이 철길을 건너기 위해서는 건널목지기의 검문을 거쳐
야만 한다

깃털 빠진 암탉, 병든 수캐

덜덜거리는 행상 트럭은 건너기도 전에 차단기가 내려
진다

더더욱 건너는 것이 사람이라면 손바닥이 두껍고 입을
벌렸을 때

이빨이 큼직하고 혀가 붉은 자라야만 한다

그래야 충실한 노복(奴僕)의 조건을 갖췄기 때문

오늘도 그 철길을 건너오는 중년 여자 셋을 만난다

입술을 붉게 칠하고 눈썹 문신이 있는

어깨가 떡 벌어진 여자들

물건을 사러 대형 플라자 번쩍거리는 바닥을 기름걸레
로 밀고 가는

그 여자들을 만나서야

그 빛나는 은빛 레일이 머릿속을 가로질러 간다
그런데 이곳에는 이토록 비릿한 열매 없는
나무들이 철사와 버팀목으로 간신히 목숨을 붙이고 있
을꼬
건널목지기에게도 뒷거래는 있을 터
내가 새와 옛 사이에서 오도가도 못하고 있을 때
한 떼의 튼튼한 여자들이 신도시로 밥 벌러 간다
건널목지기의 눈길을 피해
은밀히 이 길을 건너려다 사고를 당한 자도 있다는데
오늘도 건널목에는 기(旗)가 오르고 댕댕거리며 기차가
간다

이 불빛

혹치의 북쪽에선 모든 해가
까마귀를 싣고 있다 —— 『산해경』

등걸은 시커멓다
가지는 구불구불거린다

왕릉의 소나무숲을 찍었다는 이 사진
서로 햇빛을 보려다 이 숲은 동물이 되었다

탐욕적으로 빛을 포식한 잎들은 자리를 벌려나간다
그 빛을 따라 동쪽으로 비틀린다
꿈틀거리다 서쪽으로 휜다
죽은 왕의 육탈한 뼈와 뒤엉켰던 뿌리는
땅속으로도 괴기한 짐승을 심었을 것이다

단말마의 신음소리 들린다
그 사진 속 조악한 빛에 끌려
그도 어느새 시커먼 등걸이 되었다

그 등걸 위로
아홉 개의 태양이 먼저 도착하고
한 개의 태양이 마지막으로 숨을 거둔다

어둠이 처발라두었던 풍경에 금이 가며
이 막무가내 형광의 불빛
그 아래

그도 짐승이 되었다 식물도 동물도 아닌
괴기한
굴광성의

대낮처럼 무서운 사무실
이 낮도 밤도 아닌

별실 어디쯤,

바람이 드나든다는 것인지
환풍기가 돈다, 헐렁개비처럼
그렇게 살기를 원하던 사람도
바람이 밀면 거기다 몸을 맡기고 아주 느릿느릿 돌아
간다
주목알 같은 눈을 뜨고 세상에 심어진 사람,
뒷산 가장 성미 급한 물푸레나무 푸른 순 아래에 서보거나
배드민턴 장, 숨이 눅은 흙에 찍힌 무수한 발자국을 들
여다보다가
후 하고 숨을 일으켜도 보는 사람,
소란스런 바깥에 문을 닫아 걸려다가
문득 귀에 잡힌 험담이나 번다한 사람 소리,
환풍기 날개에 쌓인 먼지의 친척이나 가족
멈췄던 날개를 한번 휘저어보는 것도
소일거리 없는 날개의 의무
퍼다 버릴 공기도 없이 물건 위 쌓이는 애꿎은 먼지들
이나

일으켜 세웠다 주저앉히는 이 날개의 행적도
결국 헐렁개비의 삶을 되돌려주는 것이다
축대 위에서 퍽 하며 터지는 과열된 전구
달아오르는 등꽃의 불그레한 빛이나
창 아래 바싹 붙어 지나는 공기, 잉잉거리는 벌들도
빨아들이지 못하는 저 민숭민숭한
창문의 하나로만 보였던 환풍기에 들러붙어
슬슬 저 바람은 보여주는 것이다

우리 사무실 구석에는 옷걸이들이
모여 산다

슬쩍 살림을 차린 거미줄 아래
오래 전 연통이 지나갔을 둥근 구멍
아직도 남아 있는 검댕 아래
대부분은 세탁소에서 옷가지에 끼여 온 구부러진 철
사에
비닐을 씌운 것들이다

밤새 사람들의 훈기가 닿지 않은 이곳 복도는 길고 어
둡고 냉랭하다
복도를 걸어오는 동안 차가워진 허름한 옷들을 이것들
은 받아준다

어느날 이곳으로 오래된 나무 옷걸이가 이사를 왔다
새의 견갑골을 닮은 나무의 목 부분에 '미성라사' 라는
낙인이 찍힌

누군가 처음 걸어뒀을 빳빳한 정장,

재봉사가 재단을 하고 가봉을 하고 결국 이 옷걸이에 걸려 왔을
어쩌면 내가 벗은 허물,
불도장이 찍힌 정육의 덩어리,
비단뱀구렁이의 그것일지도 모를

물음표 모양의 고리는 조용히 물었을 것이다
어떻게 살아가고 있냐고
'나사(羅紗)'라는 먼 비단옷의 기억 때문일까

한참을 잊고 있다가도
쩍쩍 달라붙으며 이 복도의 냉기를 다 핥았을
갓 빨아놓은 대걸레 자루에서
뚝뚝 물 떨어지는 기척에 돌아보면

허름한 옷들은 철사 옷걸이에 걸려
텅 빈 채 걸려 있기 일쑤인 그 옷걸이를 바라본다

조금씩 녹슬어가는 물음표에

명주좀벌레 사각사각 내 허물 먹어 치우는 소리

제3부

세탁소

갑자기 공중에서 셔터 떨어지는 소리 들린다
세상은 거대한 셔터가 달린 상점이 된다

못해놨어요 그 말만 던지고
다림질만 해대는
주인의 펑 젖은 등이 갑골문자처럼 단단해진다

가로수 넓적한 이파리 아래 피신한 새들을 본다
그러나 그것도 잠시, 쫄딱 비를 맞는다

그렇게 되면 세탁소에서 빠져나온 처마 아래
연통이 그들의 마지막 피난처가 된다
비좁은 자리를 교대로 앉아 있다 날아간다
그동안 다른 새들은 빗속에서 펄쩍펄쩍 뛴다

내려앉을 연통 위 자리가 넉넉지 않은 것이다
연통 위에 쪼르라니 앉아 저 급작스런

셔터 떨어지는 소리도 들을 수 없는 것이다

양철 표면을 긁는 발톱 소리가 요란타!
몸에 온기가 도는지 달라붙었던 털이 일어서고
물찌똥을 찍 갈긴다

이 비 그치면 지상에 뵈지 않던 것들이
하나 둘 늘어난다

다림질된 옷들이 횃대에 하나 둘 걸리는 세탁소
천둥과 번개를 쪼개고 작은 씨앗들이 들어앉는다

불똥

여기가 어디냐
수크령 반짝이는 갈기들
널브러져 있는 녹슨 절삭공구들
그 제재소 앞,

쓸모없는 공구들도
기계음을 받고
회전판에 올려지면
끄덕없던 수십년 미송도 간단없이
넘어지던

지나는 바람이 수크령 가는 허리를 꺾는다
수크령 흔들릴 때마다 보이지 않는
흐물흐물한 이빨들

두루미
푸드득 날아올랐다

빽빽했던 육체를 간단없이 파쇄했다

언제 벌떡 일어서 불똥을 터뜨릴지 알 수 없는

그만그만한
미적지근한 시간들이
차곡차곡 잘려 쌓여 있는
그 앞이 수렁이다
수크령이다

잘 삭은 절삭 공구 부르르
불똥을 터는 불새의 깃털 하나를 주워 간다

잘 길든 침목

건너편 동문힐아파트 공사장
쾅 하는 망치 소리
까마득 올려다보니
사내의 팔뚝은 벽을 치고
벌써 뒤로 빠졌는데

소리는 그제사
쾅 하고 이곳으로 굴러 떨어진다
동작과 소리가 동시가 아니다
쾅 하면 소리는
또 성큼성큼 저쪽으로 걸어가 또
쾅 하고

그 소리 들으며 기찻길
잘 길든 침목을 베고 곤한 잠에 들어도
기관차가 불을 뿜으며 지나가도
사지육신이 멀쩡할 것 같은

이 끔찍한 상상조차 아무렇지 않게 하는
저 쾅 소리
저 쾅 하고 나가떨어져

사지를 쭉 뻗고 눕는
눕고 싶게 하는
저 쾅

오리(五里)

꿈속에서도 시를 쓴다는 거
　내가 알지 못하는 오리(五里) 밖에서도 무슨 일 같은 게
일어나
　시를 쓰게 한다는 거
　안 잊어버리려고 종이에 깨알같이

　그러다 깨어나면
　밀초와 촛대 사이 펼쳐져 있던 책
　'순백은 독맹이라'
　그 구절 하나 남기고
　싹 다 지워진 책

　순백의 구름을 이고 혼자 가다가
　순백이라는 말 속에 든 독의 싹을 두르고
　오리 밖에는 흰 껍질
　흰 피를 흘리고 섰는 나무

순백에 들어 있는 이 독한 맹서도 다 지우고
흰 피 흰 껍질 다 말려 흰 두루마리 종이
꽂은 채

오리 밖에는 애석한 항아리
여기다 뭘 썼더랬나
기억이 나질 않아
울부짖다 실신한 박살이 난

꿈에서 깨어나 또 그 시 적으려고
앞에 펼쳐놓은 이 순백의 백지 또한
독맹이라

밀초와 촛대 사이에 놓여 있는
이 오리 밖의
이 책에는 뭐가 써 있었는지

윤이월

칠이 바래고 기둥이 조금씩 금이 가기 시작한
누(樓)입니다
봄볕이 좋아라 사람들이 다 쏟아져 나와
누(樓) 난간에 빙 둘러앉았습니다
평심루(平心樓)라니요
이따금 홀로 앉아 '평(平)'자를 들여다보면
마음이 착 가라앉는 게 영 밋밋하고 뭉툭해서
평자 뒤에 '안(安)'자를 슬쩍 끼워 넣곤 하였습니다
오늘은 누(樓)가 비칠합니다
눈 떨어지는 데 망울을 깨우는 진달래가 있고
눈 떨어지는 데 벼룩자리가 아물거립니다
미친 버들이라니요 곱게 물오른 가지가 툭툭 떨어집
니다
목을 가누지 못하는 아가의 머리를 받치느라
쩔쩔매는 앳된 청년 아빠를 보면서
할매씨 웃어요 홀쭉한 입이 더 쪼그라져요
첫 만남인지 저쪽 처녀 총각은

뜨일 듯 말 듯 살짝 비켜 앉았습니다

이제서야 '평(平)'자가 바로 보이네요

이 들썩대는 누(樓)를 지그시 눌러줍니다

밥솥을 닮은 이 산

입 안에서 데그럭대며 굴러다니는 설익은 밥알이

부드럽게 퍼지며 익어갑니다

평안루(平安樓)입니다

서까래와 기둥과 마루가 분주한

윤(閏)이월 초하루입니다

일월(日月)의 모란

어디서 사람 소리 난다
다가가 보니 빛을 되쏘는
노란 술 속의 금 궤짝
쉰 넘은 여자들 나란히 둘러앉았다
가뜩이나 송이가 무거운 꽃대가
휘었다

저렇게 붉은 꽃 앞에서
나도 사진을 찍었던 적 있다

그 꽃에서 목단이야, 아니 작약이야
아니야 모란이야 옥신각신 떠드는 소리 흘러나온다
향기가 있다는 듯 없다는 듯
나비가 온다는 듯 만다는 듯

그러던 여자들이 꽃에서 나와
팻말을 들여다본다

저 여자들 소리가 높으니 나비는 벌써
청산을 다 지나갔겠구나
다산(多産)의 주름진 배를 받치느라
허리에 손을 얹고 활짝 웃고 있는

이제는 자취도 없는 나비를,
나비와 희롱하던 붉은 잎을 보겠구나

환생

아직도 먼지를 뽀얗게 뒤집어쓴
자주색 코트와
갈색 가방이 펄럭인다
"목격하신 분 연락주십시오"
만남의 광장에 모여
끼득거리는 학교 가지 않는 애들
웃음소리에 치여서
오다가 말다가
멎어버린 12월 29일 4시 50분경
그 현수막의 시간 속으로
봄눈이 온다
갈색 가방을 끌어안고
자주색 코트를 입은 아주머니가
봄눈을 맞으며 걸어온다
멀찌감치에서나 나는
푸른 물이 패는
수양버들을 목격하는 건데

"후사하겠습니다"
그 말 뒤로 오는지 알 수조차 없는
허수룩한 봄의 시간들이
마구 패이는 건데
좋아라 끼득거리는 애들 틈을 비집고
봄눈이 온다
자주색 코트와 갈색 가방을 적시며
오자마자 자취도 없이 스러지는,
삼월이라는데
삼월의 끝이라는데

발을 씻기다

맨발로
이 길 두어 바퀴 돌다 보면
돌에 닿는 느낌 다 달라요
얼룩무늬 검은 돌은 저 큰 잎새로 드는 해와 잘 놀아서
햇덩이처럼 굴러다녔구요
그래서 불퉁한 땅 다니느라 발에 생긴 주름 꼬옥 잡아
주구요
저 동그랗고 흰 돌을 밟다가
흠칫 놀라 그만 덥석 얕은 키 금낭화를 잡고 말았어요
그때 느꼈던 섬뜩하게 찬 기운이 저 금낭으로 들어 불
룩하구요
녹계청류에 말갛게 씻어 말린 간,
쓰디쓴 담즙,
저 볕살과 놀다가 말다가
그만 이것도 발을 수고롭게 하는 것 같아서
그만 발을 씻다가
저 발 속에 몸 지도를 보고 말았어요

발은 그냥 발이 아니었어요
성큼성큼 떡갈이 잎 벌려 나가듯
발이 여기저기를 다니다가
쌓아올린 검고 축축한 흙에는
금낭화가 맺히고 있었어요 금낭화가 씨를 담고
시들고 있었어요
발가락에 태아처럼 잠자고 있는 뇌
습곡처럼 조용한 숨구멍
구불구불한 창자의 길까지 다 있다는 거
그딴 거 다 여기
딴딴히 여물어 굳은살 박고 있다는 거

간판을 따라가다

길 찻집,
오래된 간판이 길을 내밀어 보이네

'길'자의 'ㄹ'은 구부러진 길을 닮았네
'ㄹ'은 한없이 길어지다 종내는 두 길로 갈라져
한 끝에는 통나무에 차 한잔을 올려놓았네

오늘도 노인은 그 앞에서 교통안전 깃발을 들었다 놓네
신호에 따라 아이들은 길을 건너고
벌건 살코기는 도원(桃園)으로 가 지글거리네
헐벗은 가로수도 그쪽으로 가지를 젖히네

과속방지턱에 덜커덩 부딪칠 때마다
흔들리는 간판 속 찻잔

할아버지, 추운데 이 영생의 물 한잔 들고 하세요
그러는 듯 찻잔에선 뜨거운 김이 솟고

목구멍을 벌려 부어주네 얼었던 뺨 속으로
화르르 도원의 불빛이 들어앉네
달궈진 불판 위 치직거리며 타들어가는
얼어붙은 살코기를 비추네

질깃거리는
완강한 턱주가리에도 씹히지 않는

오래된 거리

머리 위의 저 나무는 회화나무야
옛날 서원에만 심었다는

이파리는 구불구불한 긴 가지 끝에서 수초처럼 하늘
거려
귀로 아득한 해수가 밀려오고 눈을 뜰 수가 없어
온몸이 붕 떠올라
집 없는 개들이 이리저리 몰려다녀

이 거리에 문득 차장이 있고
좌석이 창을 따라 길게 나 있는 버스가 지나가

영화를 찍는 스텝들이 커다란 은박지 조명을 들고 뛰
어다니고
물속에 잠긴 듯 바랜 상회들

아주 멀리서 돼지 유통을 먹으러 사내들이 병든 계집

을 끼고 오고
　뿌연 젖물을 가뒀던 유통집들

　어미돼지의 미련한 몸뚱이 아래 물었던 젖을 놓친 새
끼들
　얼굴로 젖물을 쏘듯
　뽀글거리다 저 회화나무 근처에서
　걸러지는 직사광선들

　쭉 늘어서 폐유를 질질 쏟는
　오늘은 영업 안합니다 쪽지를 올려놓고
　낡은 방석을 활활 털고 있는 택시 위로

　탄탄한 살집 속에 가득 든 뿌연 젖물의
　햇살을 빨아 먹고 자라는

　썩은 흙바닥

돼지 유통집 위로 축 늘어진
서원의 뜰에만 심었다는
저 나무

벽

아주 헐한 벽 걸린 것이라곤 둥근 원형 빨래걸이 너실너실한 양말 두 짝이 집게에 물려 그 마구 발라진 쎄멘벽에 그림자를 던지네 그 아래 샛길엔 구부러진 외가지 소나무가 버려진 유모차를 향해 고꾸라지고 애기 울음소리 같은 괭이들 암내 나는 소리 양말 두 짝이 더 해실해실해지고 얇아져서 벽에 비친 앵두나무 그늘 그 아래로 건너가네 양말 두 짝이 그 단순한 바람벽에 슬쩍슬쩍 고단한 애옥살이를 띄우네 그 속으로 붉게 팬 길이 흘러가네 콸콸 붉은 흙탕물이 솟구치네 바람이 이는 대로 서로 비비고 닳고 해진 풀들이 욱네 빙글빙글 도는 저 빨래걸이에 양말 두 짝이, 그렇게 뽀얀 앵두 그늘이 켕기는지 그 그늘 집어 담아두려 하네

컨테이너로 가는 네 개의 계단

집 신축 예정
주인은 이월까지 철거해주시기 바랍니다
공고가 붙어 있다
보도블록보다 높은 문턱까지 놓여 있는 네 개의 계단
그날 밤 얼굴 한쪽을 갈아엎은 취객은 울부짖으며
컨테이너에 텅텅 부딪다 계단에 늘어져 잠이 든다
그 한밤의 난동 넘겨다보던
저러다 얼어 죽지 혀를 차던 단독주택 단지
안으로 굽는 불빛들
나무로 짠 그 계단은 옹송그리는 몸을 받아준다
다행히도 내리기 시작한 눈이
그를 깨워 비척비척 갈비집 골목을 빠져나간다
창살이 있는 창을 넘겨다보면
정면으로 태극기 삐뚜름하고 붉은 해병대 모자 걸려
있다
표면이 고르지 못한 거울
묵은 달력 속 불붙는 단풍을 담고 있다

모서리가 떨어져 나간 세번째 계단에는
괭이밥풀이 먼지 같은 걸 끌고 와 작은 씨를 맺는다
소리 없이 눈이 내리고 처마도 없는 그 네 개의 계단
구획이 잘된 십자로, 지나가는 행인들 바쁜 출근길에
눈들이 사정없이 뭉개지는 동안
고스란히 발자국 하나 찍힌 것 없다
꼬부리고 누웠던 그의 몸피
희미하게 남아 있는
가만가만 퍼져오는 햇살에
불려 나가는
네 개의
계단

숨

노상 쉬거나 삭고 있는,
낡은 무개화차 같은 거나 한없이 끼고 있다가 떠나보
내는
그러다 또 혼자인

광장의 맨드라미는 한 봉오리로
맺혀 있던 붉은 볏이 갈갈이 헤어져서

옆에서 조잘대는 네 질기고 두터운 혓바닥을
부드럽게 안았다 내려준다

혓바늘이 솟아
비명을 내지를 때마다
저 선로는 햇빛 속에 조용하다

절대로 삐뚤어지지도 엇나가보지도 못하는
햇빛에 늘었다 줄었다

시어빠진 맨드라미나 올려다보며
시간을 죽이는 착한 백수(白手) 같은 저 선로를

네가 뇌까리는 말이 위로나 되자고
멀리서 오는 기차 바퀴 소리에 귀를 열어둔
이 선로

고비(考備)*

고비는 작은 서가다
책을 꽂아두는 게 아니라
종이를 거칠게 지어 거기 말아두었다
온종일 바람에 흩어지는 매화를 새겨두었다

머리맡에 정면으로 높이 걸어둔다
그때 그 종이를 보며 마음이 휘말려 들어서는 안된다

저 꽃 중의 우두머리, 화괴(花魁)라는 매화
시꺼먼 등걸로 캄캄히 있다가 벌컥 문을 따고
핏덩어리 같은 꽃을 툭,

누추한 생각들이 여기저기 걸쳐져 있을 때
바람이 모래알들을 옮겨 자리를 바꾸고 있을 때
죽을 고비를 넘겼다라든가 지금이 고비다라는 말처럼

그 고비를 몸이 먼저 알아챈 사람은 종이를 내려

비로소 한 자 한 자 제 생각을 적어나갔을 것이다

어느 순간, 꽃들의 괴수, 툭 떨어지는 걸 받아적는다

아무 생각 없이 공책을 펴고 우두커니 앉아 있던 나는
이 즈음에서 저 즈음으로 건너가는 문턱
조그맣게 내려앉은 상처 같은 걸 들여다본다

죽을 고비를 넘기지 않고는 삶에 대해 말할 자격이
없다고 누군가 그런다

펼쳐진 종이에도 휘말려 들어가선
좀체 빠져나올 수
없는
구덩이 같은 게 있다고

* 경기도박물관 목판 전시실에서 보았다.

약수

　치렁한 햇볕에 봉우리 따끈히 익는데 목백일홍 그늘 등에 지고 저 풀썩 여윈 이가 흙더미를 갈아엎을 수 있는 건 꽃그늘의 힘일 테다 나는 삽날에 흙더미 넘어지면서 번쩍 튀는 빛 들어올려 보는데 잘 익은 봉우리 아래 폭포가 바위에 감추는 것은 조금씩 고이는 약수 방울일 테다 저 흙 속에 닿아 무르익고 썩은 발톱, 나는 일생을 다해 퉁그러진 발톱을 흘려보내는 것이다 지고 계신 평생의 꽃그늘 내려놓는 것이다 봉우리 위에 뉘어놓고 뭉툭한 발톱처럼 겹겹으로 굳어진 바위 가만가만 흔들어 구슬처럼 밀어보고 싶은 것이다 약수 방울 속에 굳은 사지 챙겨넣고 병 깊은 그이 누워 계신 봉우리 치렁한 햇볕 속에 따끈히 익어간다

제4부

그가 썼을지도 모를 식기에

그가 죽었다
비 오는 바깥으로 화분들을 내놓는다
사물들은 냉혹하다
아무것도 추억하지 않는다
그의 무거운 머리를 받쳐주던
의자, 그의 손때가 묻어 있을
쌓아올린 책들, 때로는 내동댕이치고 싶었을
재떨이, 사체 같은 담배꽁초
텅 빈 그것들은 어느날 조용히 치워진다
우리는, 식당에서 그가 썼을지도 모를 식기에
밥을 타먹고, 타먹으면서 죽음을 잊는다
식기는 끊임없이 달그락거린다
모든 추억은 부정된다
오는 비에 나무들은 젖고, 꺽꺽거리는
까치들은 옥상 위에서 단단한 벽을 쫀다
식당에서 버린 밥찌끼를 먹고 크는
개의 외눈박이 눈이 말없이 터진다

사인(死因)은 없다 사인은 질문되면서 사라진다
창밖으로 오던 비가 슬그머니 멈추듯
아무것도 깨우지 못하는, 이유 없이 설렁설렁
왔다 가는 봄, 삼월, 봄에 사람들은
죽으러 절벽에 간다 바닥이 시커멓게
번질거리는 서해 바다에도
간다 꿈의 꿈, 꾸기 위해, 꾸지
못한 사람들은 옥루몽, 버려진 누각으로
소풍 간다
개살구꽃 흐드러진

염천교를 지나네

여름 한낮 염천교를 지나네
기차는 놓쳤네
후끈 달아올라 더러운 돌바닥
발밑에 달라붙네
나는 잠시 다리 아래를 내려다보네
아찔한 흰……
꽁꽁 묶인 수화물들
염을 끝낸 주검 같네
텅 빈 객차 안에서 한 남자는 비질을 하네
이 세상 남자가 아닌 것같이
착란의……
길가에서는 검은 구두들이
도매금으로 팔려나가네
더러운 아가리를 벌린
턱없이 번질거리는
구두들 맘껏 빨아들이네
내가 본 흰빛

다리 아래로는 텅 빈 것들이 지나가네
염천교 더러운 돌바닥이
우렁우렁 울리네
나는 움직일 수가 없네
좌판 위의 것들은 악착같이 붙어 있네
온몸으로 독약 같은 흰빛이 퍼져오르네

거울 속 오토바이

벗나무 아래
볼록거울 속으로
고물 오토바이 들어선다
흰 꽃들 펄펄 지고
오토바이 뒤 때 전 플라스틱 바구니에
담겨 있는 세탁물들
어깨에 메고
세탁소 남자 거울 밖으로 나온다
번쩍번쩍 빛들이
세탁물을 싼 비닐을 따라간다
소방차 전용구역의 노란 금을
밟고 뚜벅뚜벅
얼마 뒤 맨 꼭대기 층에서부터
아래로 아래로 느릿느릿
그의 쩍 갈라지는 탁성이
닫혀 있는 집을 때린다
마른 생선처럼 딱딱하게

굳어 있던
문들이 열리며
그 남자 펑퍼짐한 어깨 위로
세탁물들이 늘어난다
거울 속에는 고물 오토바이 혼자
그의 울리는 목청에
귀가 파인다
희벌쭉 낡아가며
소방차 전용구역의 금을
지그시 밟고
더러운 옷들을 둘러메고
그가 거울 속으로 돌아오기를
기다린다 다시 그가
시동을 꾹 밟아주기를
흰 거품 같은 꽃들에
휩싸여

액자를 들고 가는 여자

목발을 짚은 청년이 길을 묻는다
여자는 한 손에 커다란 액자를 들고 있다
다른 손을 들어 가리키는 길이
방향도 없이 절름거린다
청년이 왔던 길을 잘도 뚜벅거리며 가는 여자
액자의 유리 위로 비치는 건물의 후미가 날카롭다
길 안쪽에는 빛이 들지 않는 골목이 이어지리라
늙은 개의 어슬렁거림과
기미가 덮인 여자들의 때없는 낮잠을 지나
삶의 문간에 당도하리라
사방 벽에 단단히 못을 치고
액자를 걸리라
세월의 딱따구리와 홍방울새와 개똥지빠귀를 지나
빛나는 액자의 노래를 들으리라
오래된 악기처럼
불빛처럼 축축한 밤처럼
여자를 이곳까지 끌고 왔던 거대한 액자

그 속에 들어 있는 따스한 헛간의 밀짚과
나지막한 웃음소리
액자는 닫혀 있는 오관을 한껏 열어주리라
액자를 보며 다른 곳에
다른 방식으로 앉아 있는 여자
액자 속의 화려한 덧칠과 화장
여자가 끌고 가는 액자 속의 밥과 사랑
이어지리라

지나치는 희망

수동(水洞)교회 종루는 기울었다
가게 앞의 사내 한쪽 귀는 닫혀 있다
요령 소리를 따라가는 눈이
주름살 사이로 맑다
나는 마을을 지나가는 내를 들여다본다
비썩 여위었다
모래알이 조심스럽게 한쪽으로 쓸린다
배나무 가지 새로
쭈그러진 배들이 대롱거린다
몇개는 바닥에 떨어져 썩어 있다
죽음이 흙과 섞이는 순간이다
한때는 물이 닿았을 줄기를 만져본다
햇볕이 따끈거린다
구부러진 가지를 지나고도 햇볕은 다친 곳 하나 없다
상여가 산길을 오른다
앞에 달린 연꽃이 먼저 가듯
구름이 찢어지는 흰 바위

죽음보다 앞서 간 넋이 번쩍거린다
그곳의 길이 더 밝으리라
마을이 빈집처럼 소리 하나 없다
요령 소리만 쩌렁쩌렁 울린다

천마표 시멘트

창문을 뜯어내고
공사가 한창이다
계단 한구석 봉합 부분의
실밥이 풀어지는 푸대
천마표 시멘트는
강도가 높다 분말이 곱다
안전도가 좋다
물과 모래에 섞여
시시각각으로 굳어갈
주검의 덩어리
이름이 천마표라니!
하늘을 난다 말
그 순간 지상에 뿌리 박았던
기둥들 굳건한 집들
광장들 날아오르는구나
히힝거리며 날개를 펴고
콧숨을 몰아쉬며

자동차보험 제공
어제의 교통사고 2명
전광판을 발굽으로 차오르며
철근 골조에 이겨진
주검의 덩어리들이

뒤편의 해는

둥근 연장통 같다
그 속에는 바스러져가는 길고 짧은 못과
망치, 끌 같은 것들이 들어 있다

서 있는 나를 뚜들겨 바닥으로 눕힌다
저 따사로운 햇볕망치
늘어난 그림자가 이차선도로
중앙선에 걸쳐진다

내가 나무였다면
가시호랑나비들이 몇십리를 찾아
그 향기를 쫓아
날아온다는 산초나무라면
그 암컷들이 파들거리며 알을 낳는
시큼한 잎사귀라면

우뚝하니 서 있는 둥치에

정교한 핏줄을 새기는 햇볕의 끝

어김없이 그 시간 차고지를 나서는
개인용달이 밟고 가는 그림자
순간 안절부절 흔들리는

아침 여덟 시 오 분
어김없이 한우정육점 앞에
서 있다

확 핏방울 같은 걸 내뿜고
흩어진 살조각 같은 걸 밟고

개인용달이 뿜고 간 매연 속에
우뚝

가건물

헐리고 나니
꽤 넓다
계고장이 날아들고
하찮은 살림에 차압 딱지가 붙고
담장을 넘어온 이웃집 나무가 술렁거리며
쉴 새 없이 흔들려도 뭉툭하게 잘린 가지
꽃 한송이 내뱉지 못했던 집
의붓어미 같은 저녁이 몰려오면
나지막한 신음소리와 노을이 함께 엎어지던 집
날아오르던 모시흰나비가
푸성귀 아래 몸을 낮추던 집
말끔하게 닦인 돌계단은 뭉그러져
앳된 딸들이
울음으로 매달려 있어야 했던 집
아무 일도 없었다는 듯
아침마다 계단을 씻어 내리던 물소리가 싱싱했던 집
꽃들이 겹겹이 무너지던 밤

전생의 짐을 꾸려

슬그머니

모래 바람 속으로 떠나버린

그 자리 가건물에

집 짓는 사내들의 밥상이 굳건히 버티고 있는

밥상 위의 푸성귀

푸성귀 속에서 그 집 배꽃 같은 딸들이 젖어

여전히 울고 있는

모래 바람 속으로 묻힌 묻혀버린

모시흰나비들이 죽은 듯 앉아 있는

불붙는 노을 속의 그 집, 집

조등(弔燈)

염색한 머리가 유난히 짙다 꽃그늘 훅 덮인다 중얼거
릴 때마다 앞서 가는 부동산 사내의 금니 뻐드러진다 녹
슨 철문에 덧없이 매달려 부푸는

주머니에서 한 떼의 새들이 구겨진다 짙푸른 화강석의
집 푸덕거리며 날마다 죽어가는 편안한 밤과의 계약 원
하지만

꽃그늘 속에서 아득히 휘청거리는 집 나는 매달린다
악착같이 햇빛 속에 상갓집 조등이 환한 만큼

그러나 여우는 언덕 위에서 울겠지 자기도 모르게 살
던 제 집으로 이어진 발자국 따라가겠지 여기가 내 집이
아니라고 진저리치며 꼬리 세우겠지 덤불이 뒹구는 몸에
엉키겠지

싸늘하게 식은 집 문간에는 조등이 걸리다가 앞서 가
는 염색한 머리 위 그 빛 떨구다가

지하 슈퍼에 가

지하 슈퍼에 가
염장꽁치의
선명한 눈알을 보리라
거울이 그걸 비추리라
빨간 냉동사과 태양처럼 일어서리라
누란에서 발견된 여자 미라처럼
뒤틀린 건미역 거기 있으리라
한 움큼 마른 바람이
얼굴을 때려오리라
순간 속의 영원을 굳세게 믿으며
믿지 못하며 나는 퀭한 나날을
손수레에 실어 밀며 끌어당기며
쉽게 다치고 상하는
감정의 이목구비를
그것들 옆에
가만히 내려놓으리라

오는 저녁은

휘휘 마른 가슴이다
점점 벌어지는 쌀집 괭이의 눈이다
초승달을 꺼내 집으로 가는 길을 덮는다
털퍽거리며 해진 신발을 끌고
오는 저녁은
버려진 빈 상자를 줍는 여자다
한 머리 가득 빈 상자를 이고 간다
그 여자의 검은 몸뻬다
오는 저녁은
공사장에서 튀어오르는 불티다
초승달 곁에서 쪼그라든 별이다
축대 밑에 쌓여 웅성거리는 돌무데기다
침을 찌익 뱉으며
기름 배달을 가는 청년의 발밑으로
풀쩍 괭이가 뛰어오른다
이놈의 괭이 이놈의 괭이 위협하며
초승달이 열어놓은

녹슨 철대문으로 사라지는
오는 저녁은
빈 상자를 가득 이고
가는 검은 몸뻬다

조용한 나날들

창은 하나의 액자이다
오늘은 우선 화성슈퍼 좌판 위
싱싱한 과일들이 들어온다
좌판에 나앉지 못한 양파들은
길가에서 한 바구니
몽땅 천원 표지를 붙인 채
먼지에 덮여 시들어간다
액자 속은 너무도 평온하다
동사무소 소독차가 등장하면서
고정되어 있던 액자는 흔들린다
먼저 액자 속으로 지나가는 임산부의
불룩한 배가 들어온다
미래에 올 아이도 이곳에서 조용히
시들어가야 한다면?
액자 속이 갑자기 소란해진다
학교에 가던 아이들이 신이 나서
소독차를 쫓아간다

들고 가던 공이 바구니에 떨어지며
액자 밖으로 사라진다
액자도 가끔은 기울어져야 마땅하다
몽땅 떨어갈 삶에서 이탈한
조그마한 양파 하나
소독 연기에 하얗게 뒤덮이는
길의 안쪽
액자는 모든 풍경을 놓치고
이내 망각에 젖는다
어쩌나, 참 조용하기만 한
나날들이다

한밤의 덤핑 코너

점포 안 흰 가운의 사내들이 밖을 내다본다
아주 오래 전 유리 고분 속 얼굴들이다
애견원 불빛이 할딱거리며 기웃거리는 얼굴을 핥는다

1999원 코너에서 나는 어항을 하나 산다
주인은 어항을 담아주며 일러준다
물을 갈아주지 않아도 된다고

물고기는 물속에 무덤을 두지 않는다
나는 빈 허공을 쑤시며 울어대는 양철 물고기를 그린다
미세한 공기에 부딪치며 이리저리 흘러 다니는

그 속에는 밤의 육수를 후루룩 마시며 살아가야 할 길
이 없다
반짝이는 털에 똥을 묻히고 낑낑거리며 긁어대야 할
벽이 없다
교미를 위해 뒤집혀 헛구르는 바퀴들이

나는 바삐바삐 길을 간다

어항은 한밤의 덤핑 코너에서 나를 발견하고 나를 미행한다

지느러미가 칼처럼 그어가는 길,

낡은 성기를 덜렁거리며 양철 물고기가 허공의 너부러진 배를 가른다 제 몸뚱일 후려쳐 끝내 저를 때리고 말

화살의 끝에서

열두 시다 위층에서 피아노는 어김없이 둥당거린다
단조로운 음이 천장을 거쳐 아래로 내려온다
처음과 끝은 교묘하게 맞물려 나를 간섭한다
식기는 식기통에서 둥당거린다
냉장고 속의 고기들이 얼어 있다 부실하게
검은 피를 토하기도 한다
낯선 화면 속에서 지워지는 밤을
나는 오래도록 기억한다 열두 시다
저 지칠 줄 모르는 두들김
아침에 만난 장의차는 종일토록 나를 간섭해온다
죽음은 내 안에서 둥당거리며 울음을 토한다
열두 시다 한낮이다 아니 한밤인지도 모른다
햇볕이 부글부글 끓는다
나무들은 뜨거운 햇볕의 두들김을 피하지 못한다
잘못 친 음의 재빠른 수정
시든 고무나무가 고무나무를 간섭한다
무모한 열정은 화살처럼 흐른다

화살의 끝에서 열두 시는 교묘하게 타오른다
소리의 지루한 언덕을 떠메고 나는 서성인다
언덕은 언덕을 간섭한다
뜨거운 바람도 저 언덕을 다른 곳으로
데려가지 못한다

슬리퍼

지압 슬리퍼를 팔러 온 남자를 보고 생각났다
작년에 신다 책상 아래 팽개쳐 뒀던 슬리퍼
먼지를 폭삭 뒤집어쓰고 까마득 버려져서도 슬리퍼는
여전히 슬리퍼다
기억이란 다 그런 것이다
기억 속에는 맨홀 뚜껑 같은 확실한 장치가 없어서
그 아래 무언가를 고치러 들어간 사람을 두고도
꽉 뚜껑을 닫아버리기도 하는 것이다
그 남자가 질식하건 말건
그러다 숨을 놓기 직전
고철 덩어리 같은 기억을 붙들고서야
아차, 뚜껑을 열어보는 것이다
어쨌든 물건이라는 건 마지막이라는 게 없어서
먼지만 활활 털어버리면 또 슬리퍼가 된다
망각의 먼 땅을 털벅거리며 돌아다니고서도
금방 뒤축이 닳아빠진 슬리퍼로 돌아온다
작년 이맘때 어디서 무얼 했는지

기억나지 않는 누군가의 발을 충실히 꿰차고
슬리퍼는 또 열심히 끌려 다닐 것이다 저러다가도
슬리퍼는 또 책상 아래 보이지 않는 구석으로 처박힌다
기억이 그렇게 시킨다면
케케한 먼지와 어둠을 거느리고
누군가 슬리퍼를 사납게 끌며 또 어두운
복도 저쪽으로 사라진다

■

고통의 힘으로 다시 태어나는 이상한 왕국

최정례

무심히 흘러가는 세계가 자신의 심연과 주름살을 보여주는 순간은 언제인가. 매일 똑같은 거리의 찌든 간판과 썬팅된 유리문을 지나 수십년을 같은 방향으로 바퀴를 굴리다가도 갑자기 피곤에 찌든 벽 속에서 흔들리던 양말 두 짝이 앵두나무 꽃 그림자로 피어나는 순간(「벽」)이 있다. 겸손하기 그지없어서, 도대체 남에게 피해가 갈까 두려워서, 고통에 찬 말들 더듬거리다 결국 담석증 환자의 담낭 속 돌멩이같이 단단해진 그것들을 꾹꾹 눌러 담기만 하고 지내는 사람들이 있다. 그 말들은 심연 속에서 자기들끼리 눌리며 달래지다가 말의 주인이 방심한 어느 순간에 튀어나오기도 한다. 그렇다. 지하를 흐르는 물은

쉬지 않고 흐르기만 한다면 언젠가는 결국 지표를 뚫고 차가운 샘물로 솟아나올 수밖에 없을 것이다. 시인으로서 이문숙은 무엇보다도 말을 누르고 다독이며 달래는 자이다. 그러면서 동시에 "안 잊어버리려고 종이에 깨알같이" 적어두고 꿈에서도 깨어나 항아리에 담아두고(「오리」) 담아두었다가 결국 익혀 말의 술을 빚는 자이다.

이문숙이 시집 한 권을 낼 때까지 말을 달래며 어렵게 살아온 시간의 모습은 「정류장」에 드러나 있다. 그는 고단한 직장을 벗어나 퇴근하는 길에서 마주친 버스 정류장의 표지판을 거꾸로 선 스푼으로 읽는다. 거꾸로 섰던 버스 정류장의 표지판 스푼은 그의 몸속으로 들어가 해지는 저녁 풍경을 퍼먹여준다. 거리의 젖은 간판을, 썬팅된 유리문을, 오랜만에 나타나 그냥 지나치는 버스를. 그는 게걸스럽게 풍경들을 퍼먹고, 불광동 미성아파트에 있는 집, 결국은 그 막막한 "집이라는 정처"에 들어간다. 우선 그의 손을 기다리고 있는 것은 너절한 살림살이들이겠지만, 엄마엄마 잡아당기는 어린 것들이겠지만 그래도 무엇보다도 버릴 수 없는 건 "문을 열면 쫙 입을 벌리고 있을 노트들"이라고 한다. 몸속의 "스푼이 먹어 치운 거리를 끄적거리느라" "한밤을 다 보내"기도 한다. 그가 풍경을 바라보며 퍼먹고 토해놓은 말들은 「지나는 구름을 붙잡고」나 「소하천」에서도 보인다. 여기에는 그가 풍경과 언어들을 먹어치우고 토해놓기를 반복하면서 누에처럼 견뎌온 시간이 드러나 있다.

우리가 매일 지나치지만 안 보이고 안 들리던 세계의 웅얼거림은 자신만의 맨홀 뚜껑 아래 웅크리고 있던 외로운 자의 눈과 귀에만 보이고 또 들리는 것인가 보다. 세상에서 중요하다고 하는 업무에 몰두하거나 일상으로 도망치는 자에게는 보이지 않던 사물의 빛이 그의 눈 아래 자세하고도 자명하게 드러난다. 시인 이문숙이 더듬어 애무하듯이 읽어내는 사물은 방금 태어나 최초의 햇빛 아래 드러나는 것처럼 생생하다. 너무나 익숙한 것이지만 낯설고, 거부하고 싶으나 매혹되는 이 광경은 그가 오래 혼자 갇혀 지낸 시간과 싸운 뒤에 붙잡아낸 말들의 헤맴 끝에 있다.

슬쩍 살림을 차린 거미줄 아래
오래 전 연통이 지나갔을 둥근 구멍
아직도 남아 있는 검댕 아래
대부분은 세탁소에서 옷가지에 끼여 온 구부러진 철사에
비닐을 씌운 것들이다

(…)

물음표 모양의 고리는 조용히 물었을 것이다

어떻게 살아가고 있냐고

'나사(螺紗)'라는 먼 비단옷의 기억 때문일까

— 「우리 사무실 구석에는 옷걸이들이 모여 산다」 부분

웅크리고 있는 그의 마음 깊은 곳으로 달려온 말들이
지시하는 것은 "슬쩍 살림을 차린 거미줄 아래" "연통이
지나갔을 둥근 구멍/아직도 남아 있는 검댕 아래" "구
부러진 철사에/비닐을 씌운" 옷걸이들이다. 이 보잘것
없는 사물에 눈길을 주는 순간 그것은 우리에게 "어떻게
살아가고 있냐고" 묻는다. 최초의 이 질문은 시인이 자
신에게 던진 것이었겠지만 자신을 대변하는 옷걸이로 하
여금 이 말을 던지게 할 때 우리는 당황하게 된다. 비닐
로 뒤덮인 보잘것없는 구부러진 철사 옷걸이 따위가 묻
는 이 질문에 우리는 뭐라고 대답해야 하나. '나는 지금
어떻게 살아가고 있는 것인가?' '너는 지금 어떻게 살아
가고 있니?' 시인은 지금 허름한 사무실 구석에 앉아 대
답 대신 "복도의 냉기를 다 핥았을/갓 빨아놓은 대걸레
자루에서/뚝뚝 물 떨어지는 기척"을 돌아본다. 말은 그
자신일 수밖에 없다. 그의 눈에 들어오는 가련한 존재들,

버려진 그것들은 시인 자신을 대변한다. 그의 눈과 몸이 만지는 그 사물들은 시인 자신과 연결된 또다른 그의 몸이 된다. 그가 냉랭한 사무실에 웅크리고 앉아 생각을 검댕 묻은 연통 구멍이나 구부러진 철사 옷걸이, 물 떨어뜨리는 대걸레 자루로 달려가게 내버려둘 때, 우리는 얼어붙는 감정에 사로잡히게 된다. 진실로 홀로 있는 사람이 자신 속에 칩거하는 순간에야 우리는 진정한 자신이 될 수 있으며 동시에 다른 존재로 나아가게 된다. 그가 검댕 묻은 보잘것없는 사물들 하나하나를 호명할 때 아연해지는 것은 이 때문일 것이다. 사물의 존재 저 깊은 곳에서 대체 무엇이 우리를 부르고 있는지 우리는 모른다. 그러나 웅크린 한 시인이 자신밖에는 아무도 없는 곳으로 그것들을 불러 세울 때 우리는 그의 말을 빌려 타고 우리 자신을 그 사물의 존재와 뒤섞이게 하고, 그 순간에 나라고 하는 갈피 잡을 수 없는 존재도 동시에 나 자신이 되는 경험을 하게 된다.

  그가 얼마나 긴 캄캄함 속에 갇혀 있었는지 나는 잘 모른다. 그는 자신의 고통을 소리내어 말한 적이 없기 때문이다. 그는 한없이 조용하고, 수줍어 어쩔 줄을 모르고, 누군가에게 폐가 될까봐 전전긍긍한다. 그와 통화를 하려고 그의 직장에 전화를 했는데 계속 통화중이었고, 한 번은 전화 연결이 되었는데 자리에 없다고 했고, 다시 전화해 메모 좀 남겨 달라고 했는데도 아무도 전해주지 않았는지 통 연락이 닿지를 않았다. 한나절이 지나서야 그와 연결이 되었다.

"휴대폰 좀 사라, 요새 초등학생들도 다 휴대폰 가지고 다니는데……"

"전화 올 데가 없어요, 아무도 전화 안해요"

그렇다, 아무도 그에게 전화 안한다. 「염천교를 지나네」로 등단한 지 십여년이 되도록 아무도 그를 주목하지 않는다. 그래도 잊혀지면 잊혀지는 대로 그는 가만히 있는다. 시만 끄적거린다. "안 잊어버리려고 종이에 깨알같이" "앞에 펼쳐놓은 이 순백의 백지 또한/독맹이라" (「오리」) 생각하고 적어놓는다. 「×0.3cm 더 큰」에서 처럼 그는 이 세상이라는 액자 속에 담겨 있는 게 아니라 액자보다 "×0.3cm 더 큰 화폭"의 밖에 웅크리고 있는 것 같다. 아무도 그의 존재를 눈치채지 못한다. 그는 거기 비껴 숨어서 "회랑을 뚜벅거리는 발자국 소리"와 "등 굽은 노인이 볕을" 쬐는 것을 바라본다. "먼지를 뒤집어 쓴 슬리퍼"에서 기억의 장치를 발견해내는 솜씨도 세상을 대하는 이런 태도에서 비롯했으리라.

먼지를 폭삭 뒤집어쓰고 까마득 버려져서도 슬리퍼는

여전히 슬리퍼다

기억이란 다 그런 것이다

기억 속에는 맨홀 뚜껑 같은 확실한 장치가 없어서

그 아래 무언가를 고치러 들어간 사람을 두고도

꽉 뚜껑을 닫아버리기도 하는 것이다

(…)

어쨌든 물건이라는 건 마지막이라는 게 없어서

먼지만 활활 털어버리면 또 슬리퍼가 된다

망각의 먼 땅을 털벅거리며 돌아다니고서도

금방 뒤축이 닳아빠진 슬리퍼로 돌아온다

—「슬리퍼」 부분

　무엇이 우리를 "맨홀 뚜껑 아래 무언가를 고치러 들어
간 사람을 두고" "꽉 뚜껑을 닫아버리"게 한 것일까. 그
가 "질식하건 말건" 잔인하게 뚜껑을 닫아둔 우리가 무
언가에 홀려 시간을 보내고 있을 때에, 시인은 그 뚜껑
아래에서 자신처럼　갇힌 것들을 붙들어 올린다. "케케
묵은 먼지와 어둠을 거느"렸던, "망각의 먼 땅을 털벅거
리"던, "뒤축이 닳아빠진" 그것의 "먼지를 활활 털어" 돌

아오게 한다. 이 작업이야말로 시인이 해야 할 제일의 임무일 것이다. 그는 구석에 자신처럼 웅크리고 있는 사물들로부터 먼지를 털어내고 그것들의 본질을 투시하면서 거기에 비친 자신의 고통을 읽어낸다. 그러나 고통을 과장하여 울부짖지는 않는다. 소리 높여 자기주장을 내세우지도 않는다. 조용히 자신과 세계를 응시하면서 사물과 교감하고 끌어안는다. 이때 이상한 일이 일어난다. 먼지에 덮여 죽은 듯 엎드려 있던 대상은 꿈틀하면서 갑자기 또다른 세계로 이행한다.

　　아직도 먼지를 뽀얗게 뒤집어쓴
　　자주색 코트와
　　갈색 가방이 펄럭인다
　　"목격하신 분 연락주십시오"
　　만남의 광장에 모여
　　끼득거리는 학교 가지 않는 애들
　　웃음소리에 치여서
　　오다가 말다가
　　멎어버린 12월 29일 4시 50분경
　　그 현수막의 시간 속으로
　　봄눈이 온다

갈색 가방을 끌어안고
자주색 코트를 입은 아주머니가
봄눈을 맞으며 걸어온다
(…)
봄눈이 온다
자주색 코트와 갈색 가방을 적시며
오자마자 자취도 없이 스러지는,
삼월이라는데
삼월의 끝이라는데

— 「환생」 부분

「환생」에서는 교통사고를 당한 것인지 행방불명자를 찾는 현수막이 있고, 봄눈이 온다. 자주색 코트와 갈색 가방을 목격하신 분에게 연락주시면 후사하겠다는 현수막, 우리 일상 속에 익숙한 그러나 끔찍한 비극의 말을 안고 펄럭이는 이 현수막 아래 아이들은 뭐가 좋은지 학교도 안 가고 끼득거린다. 봄이 오고 있다. 수양버들에 푸른 물이 패는 걸 보면 알 수 있다. "허수룩한 봄의 시간들이" 정말 오기는 올 것인지 알 수조차 없는데 "끼득거리는 애들의 틈을 비집고" 뭔가가 온다. "자주색 코트와 갈색 가방"이라고 쓴 현수막이 그 봄눈에 젖으며 펄럭일

때 현수막이 찾는 한 아주머니가 환각처럼 나타난다. 환생이다. "오자마자 자취도 없이 스러지는" 봄눈처럼 곧 스러져버리겠지만, 그렇게 스러져버리는 것들이 이 세상에 존재하는 모든 것들의 운명이겠지만, 어쨌든 우리는 시인의 환각 속에서 현수막이 찾던 한 여인이 환생하여 나타남을 보게 된다. 죽었다고 믿고 있는 세계로부터 하나의 생명이 밀어 올려져 반짝이게 되는 이 환생이 시인이 창조해내는 시 속에서 실현될 때, 고통과 슬픔은 그것이 그것으로만 끝나는 것이 아니라 그것이 고통과 슬픔이기 때문에 가게 되는 길이 있음을 실감하게 된다. 한 시인이 말했듯이 진정 슬픔만한 거름이 어디 있겠는가. 그 거름을 받아 마시고 그 고통의 힘으로 세계는 다시 태어나는 것이 아니겠는가.

죽어 있던 것, 우리가 죽었다고 생각하는 것들이 예상을 뒤엎고 일어나 반짝이는 순간이 있다. 시인이 그의 시 도처에서 빛나는 이런 순간들을 붙들어 일으킬 때 우리는 잠시 충만해진다. 「잘 길든 침목」에서는 "성큼성큼 저쪽으로 걸어"갔다가 "사지를 쭉 뻗고 눕는/눕고 싶게 하는 저 쾅 소리"가, 「컨테이너로 가는 네 개의 계단」에서는 "가만가만 퍼져오는 햇살에/불려 나가는/네 개의 계단"이, 「숨」에서는 "멀리서 오는 기차 바퀴 소리에 귀를 열어둔 / 이 선로"가 그들의 '살아 있음'을 증거한다. 그것들은 때로는 펄떡이기도 하고 때로는 희미한 채로 누워 있기만 한다. 그러나 희미한 그 힘이야말로 우리를 조바심치게 하는 힘이 된다. 희미한 것들의 힘을 타고 그가 가려는 곳은 일상에 가려져 보통의 눈으로는 잘 보이지 않는 이상한 왕국이다. 시선을 잠시 하늘에 두었을 뿐인데 그의 눈에는 쪼그라든 검은 대추가 들어선다. 누군가 따는 것을 잊었음이 분명한 그 대추들은 "땡추"라는 이름으로 거기 매달려 있다. 그의 눈에 그것은 "작은 원숭이가 콧등에서 미끄럼을 타고" 노는 것으로 보인다. "서둘러 지나가던 왕국회관"이라는 간판이 그 동기가 되었음을 암시한다.

널가지에 매달린 무명(無明)땡추를 보며 잠시
하늘에 눈을 뒀을 뿐인데
어느새 내 콧등에 작은 원숭이가 미끄럼을 타고 논다

그러면 서둘러 지나가던 왕국회관이 뭐라고 말을 걸어온다
(⋯)

그제서야 작은 콧구멍을 발름거려

나를 간질이는 동물, 나는 놈의 발그레한 발바닥을
보고

온갖 빛들이 틀어막은 구멍

이상한 왕국에 들었던 걸 눈치챈다

—「익어가다」부분

"익반죽된 시멘트가 길에서 이탈하고 / 헐린 집에서 자
꾸 울음소리"가 들리는 출근길, "공소 길"이라는 허망한
길의 이름, "왕국회관"이라는 비현실적인 간판의 명칭들
이 시인을 너절한 이 지상으로부터 먼 곳으로 끌고 간다.
콧등에서 뛰어노는 원숭이와 함께 이 희미한 말들의 힘
을 타고 그는 멀리 '왕국'이라는 곳으로 가고 싶어한다.
그러나 희미한 이것들을 데리고 현실로부터 피신하여 허
공에 떠 있는 시간이 오래 지속될 수는 없을 것이다. 그
러나 시인은 잠시 콧등에서 피어났다 사라지는 짧은 그
순간의 힘을 잊지 않는다. 시의 왕국은 원래 그렇게 잠깐
뿐 아니던가. 그 순간은 잠시 천둥과 번개가 치는 아주
짧은 순간이지만 그 순간에 시인은 작은 씨앗을 심어두
려 한다.

갑자기 공중에서 셔터 떨어지는 소리 들린다
세상은 거대한 셔터가 달린 상점이 된다

못해났어요 그 말만 던지고
다림질만 해대는
주인의 펑 젖은 등이 갑골문자처럼 단단해진다

가로수 넓적한 이파리 아래 피신한 새들을 본다
그러나 그것도 잠시, 쫄딱 비를 맞는다

그렇게 되면 세탁소에서 빠져나온 처마 아래
연통이 그들의 마지막 피난처가 된다
비좁은 자리를 교대로 앉아 있다 날아간다
그동안 다른 새들은 빗속에서 펄쩍펄쩍 뛴다

—「세탁소」 부분

   우리가 냉담한 세계에 벌거벗겨진 채 던져진 존재라는
사실을 인식하는 것에서부터 시가 출발하는 것이라면 이
시 「세탁소」 또한 튀어오르는 리듬과 이미지 속에서 그
러한 조건을 여실하게 보여준다. "못해났어요 그 말만
던지고" 땀 흘리며 다림질만 해대는 세탁부와, 비를 피하

는 참새들의 광경은 서로 아무 상관 없는 것처럼 나란히 놓여 있다. "넓적한 이파리 아래"서 비를 피하다 못해 "처마 아래" 튀어나온 연통 밑으로 작은 발을 옮겨 피난 처로 삼는 참새들, 그마저 자리를 얻지 못한 나머지 참새 들은 "빗속에서 펄쩍펄쩍 뛴다." 참새의 이 모습은 땀을 뻘뻘 흘리며 다림질만 계속할 수밖에 없는 세탁부의 삶 의 조건과 동일하다는 점에서 치밀하게 기획된 병치(倂 置)라는 것을 알 수 있다. 참새들이 비 피할 자리를 못 찾 고 빗속에서 펄쩍펄쩍 뛰고 있는 이 몇초, 우리가 삶에서 확인하게 되는 시간은 우리 삶의 근원적 조건도 이보다 더 낫지는 않다는 것을 보여준다. 애처롭게 약동하는 이 작은 존재들 앞에서 우리가 문득 놀라게 되는 것은 그것 이 낯설고 황량한 이 세계를 즉각적으로 보여주기 때문 이리라. 우리는 매순간 보호받지 못하고 벌거벗겨진 채 로 세상에 내던져진다. 낯선 미지의 것들이 사방에서 우 리를 둘러싸고 조여오는 가운데 우리는 불충분한 상태로 이 생의 시간을 마쳐야 한다. 「염천교를 지나네」 「정오의 버스」 「천마표 시멘트」 등에서 언뜻언뜻 금속성의 빛으 로 드러나는 죽음의 이미지들이 그것을 말해준다.

「정오의 버스」에서도 그가 지상의 현실로부터 떠올라 즐거운 왕국 속에 있는 것은 잠시뿐이다. 여름 한낮 고요한 버스 안에서의 상상이 그 내용이다. "햇볕들의/따가운 행렬이" 화자를 운구해 간다. 그는 "즐거운 송장"이 되고 싶고, 이 괴롭고 건조한 일상을 벗어나 수박의 농익은 살 속에 "몸뚱일 박고 단물을 들이켜는" 고슴도치이고 싶다. "벌레가 들어앉은 풋살구/그 발그레한 봉분/그 부드러운 석실" 속에 "안치되고 싶"다고 한다. 부드러운 석실에 안치된 이 존재들을 향한 오밀조밀한 속삭임은, 우리를 말의 향연 속에 황홀하게 휘감기게 한다. 그는 어두운 봉분 속에서 자기만의 시의 나라에 고스란히 들어앉아, 거기서 익을 대로 익어가고 싶었지만, 현실은 강파르고 피곤은 산처럼 쌓인다. "쌓인 피로가/다 닳아질 때까지" 그는 누워서 무덤 앞의 검은 상석 위를 "펄쩍거리며 뛰어다니는/사나운 시간의 메뚜기들"을 바라보고 싶었다. 그러나 그가 바라보아야만 하는 것은 무엇인가? 세상은 한낮의 버스 속에 앉은 그의 피로한 눈알 속으로 어떤 풍경을 들이밀고 있었나? "저게 뭐냐/저기 중앙선에 둘둘 말려 있는/더러운 이불/피가 엉겨 붙은 바닥(…)동공처럼 벌어진 신발"이 그것이다.

  그러나 이문숙 시의 아름다움은 언뜻언뜻 내비치는 광물성의 죽음 이미지 너머에서 이상한 기미의 생명감을 포착하는 데 있다. 「생기」에서는 가구 공단 전기톱 소리가 "누추한 육체 속으로 이상하게 팔팔한 전기"를 흘려보내 "돌이 돌을 업고 있어도 힘이 하나 들지 않는" 세계를 창조해낸다. 「세탁소」에서는 참새들을 펄쩍펄쩍 뛰게 하는 비가 그치면 세탁소에는 어김없이 다림질된 옷들이 횃대에 하나 둘 걸린다. 그 순간을 놓치지 않고 시인은 "천둥과 번개를 쪼개고 작은 씨앗들"을 심는다. 그렇기도 하다. 우리가 죽어가면서 살아가기 위해서는 결국 순간을 쪼개고 쪼개어 그 속에 깃들어 살아가야 하는 것이고, 죽음으로 이어지는 삶의 조건을 깨닫고 받아들이면서 "천둥과 번개를 쪼개고 작은 씨앗들"을 심어야 하는 것이다.

崔正禮 | 시인

■

시인의 말

잎이 바람에 뒤집힌다. 앞면은 짙은 녹색인데 뒤집히
는 쪽은 연두다. 햇빛의 담금질에 앞면은 그리 짙어졌을
것이다. 무성한 잎에 실그러지는 가지들.

길 건너편 공터에는 두 여자가 바닥에 물건을 늘어놓
고 판다. 그들의 그림자가 바싹 붙어 있다. 파라솔은 뒤
로 뒤로 젖혀진다. 그늘이 옮아갈 때마다 여자는 파라솔
을 이리저리 옮긴다. 햇볕 속에 반짝거리는 장신구들.

본드가 눌어붙고 주물이 엉성한 장신구는 유난히도 번
쩍거리며 빛을 되쏜다. 나는 끈덕지게 매달리는 그것들
을 피해 길을 돌아간다.

그러나 지금은 그렇지 않다. 이제는 그렇게 엉성하고
조잡한 것들조차 좋아진다. 굳이 그것들을 돌아가지 않
는다. 그 앞에 서서 나도 그것들을 들여다보고 그들과 얘
기도 한다.

흠이 나고 바랜 듯한 장신구들, 지나치게 영롱한 가짜
보석들. 바닥에서 올라오는 뜨거운 열기 때문인지 좌판

위에 놓인 거울 속이 흔들거린다. 그 속으로 온갖 삶의
풍경들이 미끄러져 들어간다.

내 시도 그렇다. 그렇게 삶의 자리를 넓혀간다. 지나치
게 매끈한 것들과 이제는 거리를 둘 줄 안다. 좀더 삶이
번잡해졌으면.

한낮의 햇볕은 벙어리처럼 버버거리며 공터를 떠돈다.
아래쪽으로 처지며 출렁거리는, 그러다 이내 멈추는 가
지. 그 위에 머리를 살짝 얹어놓고 본다.

어느덧 길가, 말바랭이풀이 꺾이고 뜨거운 볕 속에 잎
들이 둥그래지는 것을.

2005년 7월 햇볕 아래
이문숙

창비시선 251

천둥을 쪼개고 씨앗을 심다

초판 발행/2005년 7월 25일

지은이/이문숙
펴낸이/고세현
편집/김정혜 문경미 안병률 강영규 김현숙
미술·조판/윤종윤 신혜원
펴낸곳/(주)창비
등록/1986년 8월 5일 제85호
주소/413-756 경기도 파주시 교하읍 문발리 513-11
전화/031-955-3333
팩시밀리/영업 031-955-3399·편집 031-955-3400
홈페이지/www.changbi.com
전자우편/literat@changbi.com

ⓒ 이문숙 2005
ISBN 89-364-2251-0 03810